RAINBOW | 103

통증을 세단하다

전옥수 시집

대표시를 저자의 낭송으로 들어 보세요!

이 도서에는 저자의 시 낭송으로 연결되는 QR코드가 있습니다. 스마트폰에서 [네이버] 앱에서 [렌즈]를 실행한 후 QR코드를 카메라로 비쳐 스캔하면 유튜브 영상으로 이동됩니다. 이곳에서 시인의 목소리가 담긴 시낭송을 들을 수 있습니다.l

초판 발행 2022년 12월 23일
지은이 전옥수
펴낸이 안창현 **펴낸곳** 코드미디어
북 디자인 Micky Ahn
교정 교열 민혜정
등록 2001년 3월 7일
등록번호 제 25100-2001-5호
주소 서울시 은평구 갈현로 318-1 1층
전화 02-6326-1402 **팩스** 02-388-1302
전자우편 codmedia@codmedia.com

ISBN 979-11-89690-87-8 03810

정가 12,000원

통증을 세단하다 ㅣ 전옥수 시집

전 옥 수

희뿌연 기억 앞에 서면
흩어지는 바람 끝에 설움 한 방울 묻어있다
내가 시를 써야하는 이유였다

두 번째 시집을 상재하며
밀려드는 부끄러움 여전하지만
간간히 기억해주는 애독자가 있어 행복하다

미덥지 않은 인생이지만 외면치 않으시고
힘과 용기를 주신 나의 하나님께 감사하며
내게 주어진 모든 삶을 기꺼이 사랑하기로 했다

2022년 12월
전 옥 수

차례

1부   통증을 세단하다

2부   3월, 그 어린 봄

이 아이콘이 있는 작품은 QR코드로 시 낭송을 들을 수 있습니다.

차례

4부   시린 별 하나

차례

5부   지구본을 돌리며

🎧 이 아이콘이 있는 작품은 QR코드로 시 낭송을 들을 수 있습니다.

뜯어낼수록 우수수 흘러내리는 시간의 흔적
그간의 고단을 갈퀴 같은 포크로 누르며
기억의 편린 한 조각 썰어 탐닉한다
바싹하게 구워진 바게트에서 떨군 부스러기
꾸역꾸역 껴입었던 무채색 옷가지들

－「스테이크를 썰다」 중에서

1부

**통증을
세단하다**

통증을 세단하다

활자의 형체는 퇴색되어도
소화되지 않고 굳어진 시간이 말썽이다

미처 파쇄되지 못한 A4 용지가
세단기 속으로 곤두박질치다 멈춘다
삐걱거리는 여진 속에 머무는
끊임없이 비워져야 할 기억들
대관령 굽이 돌며 담금질하던 완행의 시간
멀미 앞세우며 속앓이하던 그 옛길
먼지 같은 흔적 버리지 못하고
꼬깃꼬깃 채워진 누런 폴더
가슴에 파고든 덥수룩한 파지들
머위 끝 맛처럼 쌉쌀하게 배회하다
뒤틀린 장에서 끝내 경련 일으킨다
전원을 잠시 껐다 다시 켠다

세단기 어깨 두어 번 툭, 툭 두드리며
연기처럼 소멸되어야 할 숱한 통증들
한 장, 두 장 밀어 넣는다

예순 즈음에

안경알 닦다가
별안간 들이닥친 노안의 선제공격
날 구지려니 하다가
성가시던 몇 군데 흩어진 점들 붙잡고
미뤄왔던 교정기 속으로 빨려든다
고수하던 초점은 조롱하듯 피해 가고
저장된 기억 끄집어내다
먹물 퍼지듯 동공에 빗방울 얼룩진다
흘러야 할 혈액은 길을 찾지 못하고
석화된 한숨처럼 서성이다가
애꿎게 부풀어진 혈관 피해 다른 길을 냈다
눈꺼풀 깊숙이 닫고 다독이는 잠깐의 의식
비커에 떨어뜨린 용액 한 방울
거품처럼 허물어지고
가늘게 웃자란 피돌기에 난잡해진 망막
또렷하던 것들은 기어코 훼방당하고 마는
다초점 유리알 너머에
거미줄처럼 엮인 시각視覺의 흔적들

멈춤 그리고 머무르기

꽃이라고 하기에 민망스러우리만큼 작고 수줍은 꽃잎에 걸음이 멈춘다. 늘 지나던 길섶이 내게 선사한 작은 쉼이다. 목소리 큰 나무들 틈에 묻혀 신음만 내고 있던 작고 여린 꽃대는 봄을 맞아 뿌리에 물 올리는 듯 열중했다. 새파란 하늘은 차마 날아오를 수 없는 두렵고 차가운 시선이었다. 꽃들의 시샘에 움츠러들다가 유일한 의지였던 버팀 가지가 바람결에 어긋나고 말았다. 비스듬히 꺾인 채 파도를 넘나들던 꽃가지 끝에 봄 햇살이 머무른다. 자존심이었을까 그 생채기 아물기도 전에 노란 꽃잎부터 피워냈다.

아무렇지도 않은 듯 밋밋하게 살아온 삶에 가느다란 균열이 일어났다. 포장을 뜯어내고 내면 깊이 감춰 둔 감성의 세포들 하나하나 들춰내어 닦아준다. 덧난 상처들은 싸매기 시작했다. 천연덕스러우리만큼 감춰졌던 속울음이 소리를 내며 활자를 찍는다. 지나온 시간들을 망라한 지금 문학이라는 이름으로 과거와 현재와 곧 도래할 앞으로의 시간들과 소통하며 그 속에 머무르고 있다. 키보드를 두드리며, 커피를 마시며 누구에게도 방해받지 않는 사색의 시간이 주는 멈춤과 머무름에 감사한다.

그러는 동안 작고 여린 꽃잎의 줄기는 어두운 동굴에
서 벗어나 물이 오르고 색감이 입혀져 아름다운 세상
으로 치유되고 있다.

詩의 몰락

맑은 꽃차 향이
새 달력 첫 장에서 꿈틀거린다
어제는, 어깨와 어깨를 살갑게 기대며
돛을 높이 올리자고
그물이 찢어지도록 별빛 가득 담았는데
엇박자를 내며 외면하는 사탄의 혀
주고받은 덕담들 아직 유효한데
비껴가며 긋고 다닌 모순들이
거미줄처럼 번지며 빛을 방해한다
가파른 천정으로 힘겹게 오르던
가벼운 시 한 소절
기를 펴지 못하고 검은 손아귀에 먹혀
오물통으로 던져진 時의 잔해들
몰락의 늪에서 악취 진동한다

냉장고를 염殮하다

수의에 싸여 하늘 향해 누운 적막
이마에 손을 얹자
찌릿하게 뼈마디를 찌르던 냉기
소독 냄새에 파묻힌 이승과의 마지막 의식은
눈물마저 산화되어 짧고 냉정했다
며칠째 가래 끓는 소리 요란하다
노환이려니 하다가 감지된 위험신호에
심장을 연결하던 호수를 뽑았다
맥박 소리 잦아들더니
혈관 따라 흐르던 전류 순식간에 무심하다
사방은 고요하고 삽시간 어둠의 도가니
몸살 한 번 앓은 적 없이 강인하게 지켜온 세월
안팎을 여닫으며 무수히 드나들던 식솔들
품고 있던 속내 토해낼수록 버려야 할 것 수북하다
온갖 냄새에 뒤엉켜 속살 드러낸 아수라 한속
소리 없는 울음은 마른 수의만 서너 벌 적셔내고
잠시 장례사의 손길 빌려온 적멸의 시간
녹슨 삼성 바이오 냉장고를 염殮한다

스테이크를 썰다

둥근 캔버스에
검붉게 누워있는 등심 한 마리
칼질과 씹는 당위가 맛깔스레 허락된 범위
중간쯤 익힌 삶의 육즙 음미하자며
세찬 바람에도 끄떡없이 뿌리내린 그녀가
흩뿌려지는 낙엽과 동반한 빗방울 아래로
커다란 우산 하나 활짝 펼친다
뜯어낼수록 우수수 흘러내리는 시간의 흔적
그간의 고단을 갈퀴 같은 포크로 누르며
기억의 편린 한 조각 썰어 탐닉한다
바싹하게 구워진 바게트에서 떨군 부스러기
꾸역꾸역 껴입었던 무채색 옷가지들
무수히 소화시켜야 할 통증들이다
유리창을 타고 흐르는 눈물
셰프의 하얀 미소가 전하는 위로
아무 일 없던 것처럼
에덴으로 돌아가야 할 나 너 우리

붕괴

낡은 실밥 터지듯 우지끈 흘러내린 치맛단의 아찔한 기류

끔찍한 괴물 속에 누군가 갇혔다 칼바람 극심한 날이면 시
린 가슴처럼 공사 중인 콘크리트 타설 속에서 빙하가 흘러내
렸다 고향에 두고 온 가난을 괴물이 가둔 것이다 허한 속 달
래던 온기는 쏟아진 라면 국물처럼 널브러져 군데군데 붉은
상처로 남았고 미처 사수하지 못한 안전모는 구르다 구르다
후미진 곳에 박혀 허연 뼈를 드러냈다

해이해진 얼굴들 하나, 둘 머리를 조아린다
거드름 피우던 고급 명함이 가죽 지갑 속에 납작 엎드리고
조각난 기백은 부실한 매뉴얼 속에서 입을 닫았다
며칠째 꼭꼭 숨어 버린 어느 가장의 어깨
찢기고 구멍 난 깃발이 괴물 더미에서 절규하며 나부낀다
방치된 난파선처럼 서서히 가라앉는 저 아우성

부재

꼭 일 년 만이다

처음과 종착 찾아 나선 길

파랑이 내려와 수면에 맞닿아

흔들리던 시선 멈추어진 지점

무너졌던 억장들 포말로 밀려들어

수평선 향해 부르다

거부할 수 없는 빛깔로 피어난 그리움

울컥,

고작 카네이션 한 바구니로 전해질 수 있을까

하얀 모래 더듬던 손가락 사이로 흘러내린 큰 산

진한 더덕 향 날리며

보랏빛 꽃 넝쿨 목에 걸어주던

흙빛 바다가

온통 당신인 것을

봄, 격리 중이다

재잘재잘 새싹들이 올라온다
마스크 비집고 삐죽이 돋아난 여린 잎사귀
교문은 여전히 굳게 닫혔고
흉흉히 불어오던 코로나 바이러스는
모든 채널을 잠식하고 말았다
만개한 목련은
자욱한 소문 뚫고 나부끼더니
속절없이 단절되어
시퍼런 파도 위에 난자된 채 하얀 거품 게워낸다
거세진 풍랑은 오대양을 넘어
세상을 휩쓸고
갖은 모략 난무하는 이기심은
거친 욕망 품고 바벨탑 위에 우뚝 올랐다
겨울옷도 벗지 못한 계절은
칭얼대는 도마처럼
십자가의 표적만을 애원한다

백일홍

긴 장마
지루한 잿빛 침묵 하염없다
좌우대칭 반듯한 보도블록 끄트머리
한 줌 햇살 그리운 진분홍 백일홍
발그레한 수줍음으로
백 일간의 삶 붉게 물들였다
절박한 심정으로
아픈 살점 하나 떨군다
삭막한 골목
어눌한 꽃그늘 속으로
하얀 햇살 한 줄기
솜털같이 감싸 안으면
사랑스러운 신의 언어 귓전에 맴돈다
백 날의 열정으로
진한 꽃잎 달구어낸
숭고한 섭리 속 아름다움 앞에
여름날의 겸손을 배운다

튤립 향기는

소음 질펀히 감기는 도로변
초록 칼날 세우던 튤립 대대
어긋난 잎 차렷하며 사열 중이었지
하얀 비 맞던 날
노란 등불 흔들리고
붉은 가슴 더 붉어져
보랏빛 시 속으로 파고들었지
매듭 하나 툭 던지고
매정하게 앞서는 널 붙잡지 못해
눈물 맺힌 하늘만 바라봤지
짧았던 너의 향기 아득히 멀어지고
완성되지 못한 시 한 소절
선명한 생채기 하나 남겼지

아인슈페너

밀어낼 듯 넘실거리다
쌉쌀한 산미에 갇혀버린 카페
마모된 빗금 타고
차가운 유리잔 속으로
하염없이 녹아내리던 기억
천정까지 올라가 닿은 커피 향
덜컹대던 바퀴 다독이며
희뿌연 흙먼지 털어내자
뿌옇게 탈색된 철 지난 시간들이
찐득하게 흘러내린다
창으로 달려온 강릉 바다와
달달한 생크림의 포옹
하늘빛이 하염없이 푸르다

성큼 커버린 계절 속으로
겹겹 꽃잎은 더욱 붉어지고
꽃잎 따라 펼쳐지는 인연들과
열애 중인 그녀

– 「달리아」 중에서

2부

3월,
그 어린 봄

3월, 그 어린 봄

붉은 꼬리 달고
이 산 저 산 옮겨 다니며
삼월을 장악했던 화마
가마솥 엎어놓듯 탄내 나는 염문들로
검게 물들어버린 고향 산야
계절은 들썩이며 갖은 꽃 타령인데
붉은 화마 속에 웅크리고 몸서리쳤을
3월, 그 어린 봄
불한당 같은 화염에 갇혀서도
초록을 잇는 바튼 숨소리
무릅쓰고
기어이 피워낸 저 풀빛
봄의 완승이다

그녀의 향기

어깨를 덮은 노란 별 무리
그 뜨락엔 늘 사람이 붐볐다
은은한 프리지어 향기에
시샘하던 세월의 흔적들
고요하던 수면 위로
세찬 빗방울 사정없이 흔든다
Re
New
All
잠깐의 숨 고르기
눈물의 기도가 동봉된 날갯짓
꽃 빛 선명해지더니
짙어진 향기 황홀 지경이다

칼랑코에

겨울은 못 넘길 줄 알았어
마른 허리로 지지대를 기댈 때
조롱하듯 참 못났다 했어
누런 표피들 청소기 소음으로 훅 흡입하고
대수롭지 않게 돌아섰지
흐르다 휘어진 줄기 곧추세운 넌
초록을 틔웠다고 나지막이 말했지
도무지 귀담아듣지 않았어
옷이 자꾸 헐거워진다며
밥을 많이 먹어야겠다고만 했어
톱니 같은 몇 잎 초록이 묵직해지던 날
몸을 더 낮추려나 봐 어쩜
그만해 제발
허리가 더 굽어진다니까
두 볼이 홍옥처럼 반짝이던 널 갤러리에서 만났지
쓰라린 볼을 타고 짙어진 봄이 흐르고 있었어
아린 봄이 내게로 왔어
쑥 향 진하게 밴 까매진 손톱 밑
봄이야
네가 봄이었어

장마

후두득후두득
잠깐이면 된다더니
사연이 꼬리를 문다
수시로 날아드는 호우경보
사방엔 어둠이 파다하고
후끈하게 달구던 검은 소문들
뭐가 그리 맺힌 게 많은지
팔월 접어들어 더 안달이다
우르르 쾅쾅 호통하다
화르르 화르르 풀어내다
금세 땅을 치며 통곡한다
푸른 계절 담아두던 유리창엔
잿빛 도시가 게워내는 눈물
후련하니?

동구래미 1

속눈썹 바짝 세운 눈망울

하얗게 피워내는 배냇짓

살굿빛 별 머금은 하늘이다

젖내 나는 졸음 징징거리다

꽃잎 오므리며 스르르 파고든 가슴

솜사탕 녹아들듯 달콤한 숨소리

동글동글 구르는 마음

초록도 파랑도 동그라미가 되는 계절

동그래미 2

물방울 떨어지듯

달싹이던 꽃잎 열리자

투명한 언어들의 춤사위

천사의 손짓 눈짓 몸짓에

사사로운 번뇌는 사라지고

산소 같은 탄성 줄을 잇는다

구김 없이 오롯이 스며든

날개 단 느낌표들의 환호

동그래지는 마음

동구래미 3

2박 3일 훑고 지나간 고열

뽀얀 살갗 뚫고 겯던 열꽃

바투 앉아 쓸어내리자

더 여물어진 꽃대

엉거주춤 앉았다 일어서고

일어서다 주저앉기를 서너 번

포기하지 않고 지탱하려는 작은 떨림

한 발 두 발 내딛는 걸음에

두근대던 내 심장 흥건하게 녹아들고

며칠째 발밑에 까실거리던 모래 두어 알

훌훌 툭툭 털어낸다

자꾸자꾸 동그래지는 세상

숨은 그림 찾기

아이스크림을 손에 든 뽀얀 손가락 사이로 바람 한 페이지 지났다

숨은 그림을 찾으러 우린 그 숲에 막 도착했어
바람의 빛깔이 달콤함이라 정의하고 싶지만 찾는 그림이 편의점에서 카드로 긁어 가볍게 소유할 수 있는 게 아니란 걸 알았지 입장료를 지불하고 숲에 들어서자 예상치 못한 환호들이 성급한 하이톤이 되었어 이 게임의 세월이 약속이나 한 듯 초록 별처럼 달뜨기 시작했고 고백하자면 그동안 메마른 허기를 채울 여지가 몹시 갈급했던 모양이야 흙빛 물 향기가 먼저 말을 걸어왔어 내디딜수록 유난히 발그레해지는 두 볼, 날개처럼 가벼워지는 삶의 편린들, 윤기 없이 희어진 머릿결과 쪼그라든 시간들이 초록에 바짝 다가서고 있어 메신저의 음률이 청단풍에 나부끼고 바람이 이끄는 길을 따라 걸으며 초록과 동무가 된 우리는 둥글게 왈츠도 나누었지 어깻죽지에 누워 있던 줄무늬 셔츠의 깃을 세우며 으쓱해진 오월을 사진으로 남겼어

승자의 유효 기간이 그리 길지 않다는 건 알지만
누가 뭐래도 바람의 빛깔이 초록이란 걸 인정하기로
했어

달리아

하얀 해태 보 아랫단에
햇살처럼 붉게 수놓인 꽃잎
그 그늘 아래 숨어든 단벌 옷가지들
세월 따라 나리는 먼지 받아내며
여물지 못한 어깨 다독이던 숨결

꽃말이 우아한 아름다움이라던가

겨우내 품었던 알뿌리들
한 땀 한 땀 호미로 덮어
소리 없이 붉게 피워낸 거룩한 소명
터질까 깨질까 토닥이며
해태 보에 수놓듯 짙어진 달리아
칠월 장마 여전히 물푸레 중인데
웃음소리 호탕한 그녀의 꽃밭으로
지치고 목마른 허기들 불러 모아
꽃 비빔밥 향긋하게 버무려 주던 손길
성큼 커버린 계절 속으로
겹겹 꽃잎은 더욱 붉어지고

꽃잎 따라 펼쳐지는 인연들과
열애 중인 그녀

그 숲에 기대어

거목 하나 있다
마주 보면 분수처럼 살아나는 자존
나란히 기대면 으쓱 올라가는 어깨
삶의 창 수시로 여닫는 시간 속에
새순 돋듯 초록 그늘 펼쳐낸 숱한 사유
뿌리로부터 올라온 감성의 미로迷路
부단히 길을 내고 다져온 올곧은 발자취
범접할 수 없는 세련된 필력
재스민 향기 피워내어
내 얕은 바다에 우주를 담아주던 그 숲
인생 선배로
작가라는 고유명사로
저 멀리 고지에서 펄럭이는 깃발
고해하듯 그 숲에 젖어 든다

수련 1

푸른 하늘 삼켜버린 호수
뚝뚝 숨어드는
시커먼 장정들의 짙은 땀방울
연못은 투명을 잊은 지 오래
얽히고설켜 서로를 옥죄던 잎과 줄기들
잿빛 감도는 불투명의 시각
긴 장화 발에 짓밟히고
시퍼런 칼날에 잘려나가도
저 요동치않는 고고한 자태
수평을 결코 기대하지 않는 수면
아랑곳 않던 기억 한 줄기
하늘빛 찾아 가느다란 호흡 들어 올린다
길게 더 길게
기어코 피워낸 저 황홀의 불굴

그림자 활짝 피었다

복숭앗빛 가을이 배달되었다
빛 한 톨 보이지 않는 종이박스 안
다붓다붓 담긴 연민 들이키며
낯선 계절과 마주한다
긴 장마의 배척에 목 놓아 울던
누군가 던져 준 목이 긴 장화를 신고
방랑길에서 자유의 몸이 되어 훨훨 날았을
뜨거운 햇살의 환대에 흘렸을 땀방울
까슬까슬한 표피에서 나는 향긋한 단내
기꺼이 돌아와 숨통이 열리고
가을 아래 넉넉히 둥글어진
너그러워진 계절에 그림자 활짝 피었다

짙어진 계절에 어둠은 더욱 무성하고
소화되지 않은 묵은 시간들은
소경처럼 허우적거리다
덕지덕지 붙은 광고지처럼
온갖 쭉정이로 남았다

–「죄와 벌」중에서

3부

날개의 행방

함바식당

젓가락 부딪는 사이로
질겅질겅 씹히다 뱉어지는 사연들
국적을 알 수 없는 고단한 허기가
먼지처럼 메뉴판에 내리고
헐거워진 시곗바늘은 고지를 치닫는다
1등급 그린을 동그랗게 부여받은
호주산 소와 칠레산 돼지가
메케한 연기 뿜으며 환풍기 속으로 빨려 들자
노르웨이산 고등어가 석쇠 위에서 몸을 뒤튼다
가슴으로 내려온 고향 하늘은
공사 중인 아파트의 키가 높아질수록
달팽이관을 돌며 혼돈의 언어로 왁자지껄하다
물기 어린 이륙은 그리움의 날개 달고
믹스커피 한 모금 삼키며 탑승구 앞에 서 있다

현실에 갇혀서

광야를 가득 메운 갈급한 영혼들
열광하며 따르던 믿음은
엄습해오는 허기와 목마름에 식어져
한기 같은 부정이 겨드랑이로 스민다
겉옷에 파고드는 어둑한 산 그림자
빌립은 돈과 숫자에 갇혀 한숨만 내뱉고
불가능에 갇혀 피켓 든 안드레의 외침은
육신에 저당 잡힌 채 소리 높이고
저물녘 해처럼 멀어져 간 남루해진 신앙
어린아이 손에서 떠나온 작은 도시락 하나
오천 군중을 충만으로 채우고
열두 바구니 남겼다

붉어진 하루가 고개 숙인다

날개의 행방

몇 달째 침묵하던 주문 전화가
긴 수면에 들어갔나 보다
죽지 빠져 힘겨운 손놀림이
미세먼지 자욱한 회빛 얼룩 속에서
시린 공허를 기름에 튀겨내고 있다
알바생의 고단이 묻어있는 치킨집 매장
야금야금 수혈되던 퇴직금 잔고는 마비된 지 오래
쌓여가는 고지서 무게는 한숨처럼 길어만 간다
월세 독촉에 무디어진 혀는 미각을 잃고
네온에서 흘러 너덜거리던 불빛이
지독한 매운맛에 길들어져 갔다
어둑해진 청승을 더듬는 시각
거리를 활보하던 전단지가 발아래 내려앉는다

길 건너편
열 평 남짓한 신축 상가에
오픈을 앞둔 '또또 치킨집' 간판이
기중기에 매달려 땀방울을 뱉고 있다

퍼덕이는 날개 아래로 한 점 살 뜯겨지는 소리
잠시, 가슴 언저리 아득하다

꺼지지 않는 등불

– 은광교회 60주년을 맞이하여

여호와 닛시!
푯대를 향해 쉼 없이 달려온 우리
계절의 깃발을 든 가을바람도
고요한 몸짓으로 두 손 모았습니다
희끗해진 머릿결
주름진 얼굴
저려오는 뼈마디가
십자가처럼 자랑스런 우리 교회
가끔은 방지 턱에 걸려 덜컹거리기도
더러는 과속으로 예기치 않은 순간에도
오직 말씀에 의지하여
'행복한 성도 좋은 교회' 정류장에 도착했습니다
감히 놓을 수 없는 주님의 숨결 따라
믿음의 선배들이 흘린 눈물의 기도는
교회의 기둥이었습니다
생명을 빚어내고
바람으로, 빛으로 다독이며 어루만지던 손길
영원에 잇대어진 그 사랑 앞에
서 있는 지금 우리는

주님께 접붙여진 튼실한 포도나무입니다
이제 우리는
육십 해의 곰삭은 맛과 향기로운 터 위에
새 각오, 새 다짐으로
세상을 향해 복음의 불 밝힙니다

주님의 핏값으로 세워진
우리 교회는
영원히 꺼지지 않는 주님의 등불입니다

백내장

어머니 눈 속에
녹슬고 닳아진 지구 한 알 있다
꽁꽁 싸고 있던 희뿌연 몸부림이
둔탁한 이물로 굳어져 앞은 늘 막막했다
무엇을 그리 보고 싶지 않았는지
지구를 싸고 있던 시간들은
굳어진 흔적으로 입을 꼭 다물었다
한 올 빛 향한 끝없는 조준
섬세한 의사의 손길이 길을 낸다
동공에 드리우던 막이 서서히 열리고
무엇이 그리 애타게 보고 싶었는지
산맥처럼 이어진 실핏줄에 몸을 맡긴 지구는
건조하고 무디어진 눈꺼풀에 싸여
주름진 여든 세월을
낯선 오늘처럼 더듬고 있다

죄와 벌

소리 없이 내 안에 들어와
싹 틔운 모양이 예사롭지 않다
씨 뿌리지 않아도
집요하게 생성되던 기이한 늪
땡그란 떡잎부터
간드러지는 달콤함으로
싱그럽던 내 여름을 홀딱 빼앗더니
미처 뽑아 버리지 못한 피들은
바람처럼 어지럽게 검은 군락 이루었다
짙어진 계절에 어둠은 더욱 무성하고
소화되지 않은 묵은 시간들은
소경처럼 허우적거리다
덕지덕지 붙은 광고지처럼
온갖 쭉정이로 남았다

고독을 용서하다

도무지 맞추어지지 않는
시선 한 자락
쿵 하고 내려와 가슴에 자리했다
봄 햇살 찾아 흐르던 시간은
구닥다리 컴퓨터같이 버벅거리고
천정에 나열되는 밤은 하얗다
웅덩이에 던져진 요셉의 옷깃에 깃든
고독을 주워 담는다
찰랑찰랑 채워진 항아리를 들고
우물가에 서성이는 그녀는 목이 마르다
'새 계명을 주노니 서로 사랑하라'
'우리가 우리에게 죄지은 자를 사하여 준 것같이
우리 죄를 사하여 주옵시고'

그녀 눈가에 삼월 봄볕이 보석같이 매달린다

칠월은 더 감사이어라

감기몸살처럼 스멀스멀 들어와
온 맘 헤집어 놓은 몹쓸 바이러스
이름 모를 가려움에 시달리다 사위어져
갈퀴 세운 자리마다 붉은 눈물 고였다
거름 더미처럼 쌓아지던 탐욕의 잔해들
'오 주님,
주님의 옷자락만이라도 만지고 싶나이다.'
쓴 뿌리의 솟구침에 소낙비 한바탕 쏟아붓자
말끔한 감사가 진초록 날개를 퍼덕인다

뜨겁게 달아오른 칠월의 비상은 부흥의 시작이어라
미명을 여는 속삭임은 감사로 드리는 기도이어라
심정을 토하는 찬양은 주님을 향한 뜨거운 고백이어라
오묘한 당신의 섭리는 소망의 기쁨이어라
영원에 잇댄 하루는 값없이 받은 축복이어라
오직 주님만이 나의 자랑이어라

머뭇거릴 때

베데스다 연못가
38년 된 어둠 안고
새벽 동트기를 기다리는 한 사람
어제는 누군가의 완력에 밀리고
그제는 처절한 한숨에 젖고
오늘은 원망과 불신으로 얼룩지고
풀 한 포기 날 기미 없는 절망의 나날들
어디선가 들려오는 음성
"진정 네가 낫기를 원하느냐"
목울대에서 의심처럼 미끄러진 대답이
담을 넘지 못하고 머뭇거릴 때
동하던 수면은 저 멀리 달아나고
힘겹게 밀려오는 아침
"네 침상을 들고 걸어가라"
불신을 소멸시키는 말씀의 능력
침상을 든 경쾌한 발자국 소리
뚜 벅, 뚜 벅, 뚜 벅

수련 2

그날은 두통이 새벽을 찢었어 밀어낸 적 없는데 손과 발이 흐느적거리다 아래로 툭 떨어지기도 했어 물 밑 엉겨진 혈관이 또 말썽이래 진흙에 뿌리내린 그녀의 시간들이 수면 위에서 초록으로 파다해 부들과 부레옥잠은 구석진 곳에 모여 늘 수근대기만 했어 전화번호가 기억나지 않는다던 입술에서 꽃잎이 바르르 떨고 있어 그간의 시간들을 다 삼켜 버린 걸까 진로를 찾지 못하고 헤매는 혈관 속 아귀다툼들 도무지 알아듣지 못하는 내 귀를 후벼 파고 싶어

늪을 넘지 못하고 첫 소절에서 멈춰버린
곡조가 머무는
긴장된 시간을 지키고 있는 연잎들
꽃은 기대하지 않아
다만 초록의 기운으로 후렴까지 긴 목청을 높여 제발
가늘게 원을 그리며 번져가는 검은 물그림자

시그널

나뭇잎의 색이 변하는 것만 보아도 때를 알 수 있다. 도무지 봄이 올 것 같지 않았던 계절은 겨울보다 더 혹독하게 우리를 움츠리게 했다. 코로나의 확산으로 막 움트는 새싹들과 함께 호흡하지 못했고 시선조차 나누지 못했다. 그저 자연의 변화들과 격리되어 살아야만 했다. 아파트 화단을 지키던 무화과는 앙상한 겨울나무로 멈추었고 경비실 앞 보랏빛 라일락 향기는 기억조차 흐릿했다. 싹을 피우지 않을 거 같은 꽃과 나무들의 모습은 흑백사진 속 풍경일 뿐이었다. 그럼에도 불구하고 계절은 무성해진 무화과 진초록 이파리를 피워냈고 느낌표 닮은 열매들을 가지마다 아롱아롱 걸어두었다. 이제 그 빛이 점점 엳어지고 있다. 전혀 관심주지 못했지만 잎이며, 꽃이며, 열매들은 안간힘을 쓰며 계절의 때를 준비했던 모양이다.

사람의 낯빛을 찬찬히 살펴야 할 때가 있다. 얼굴만 봐도 어려운 때를 지나는지 좋은 일이 있는지를 알 수 있다. 지난해 갓 태어난 손주를 돌보며 딸의 산후조리에 올인했었다. 신생아의 울음소리만 들어도 아기가 쉬를 했는지 배가 고픈지를 알 수 있다. 말 못 하는 아기의 신호를 잘 감지하고 적절히 대응하면 방글거리는 아기의 만족스러운 표정과 만나게 된다. 요즘은 휴대폰에 올려 둔 프로필 사진만 봐도 상대의 마음 상태를 대강은 알 수 있다. 관심만 있다면 굳이 광고하지 않아도 생일이나 때에 맞는 행사에 마음을 전할 수 있다. 만나지 않아도 커피나 케이크 쿠폰으로 축하를 대신하며 정을 나누기도 한다. 거리 두기로 가급적 만남과 모임을 피해야 하는 요즘 시기에 전화나 문자는 마음의 표현이자 힘이 되고 위로가 된다.

불청객

아파트 계단을 오른다
10층, 거친 호흡 가다듬으며
볼품없이 낡아진 운동화만 나무랐다
저려오던 어깨는 손목까지 내려와
밤잠을 홀딱 쓸어가고
또 어느 날은
느닷없이 찾아드는 무례함에
늙은 한의사만 원망했다
주름진 시간들은
오래된 벽지처럼 누렇게 퇴색되고
바람 끝에 묻어오는 인연은 나부끼는 계절뿐
식어진 약탕기 속으로 쪼그라든 세월
덧칠하며 매만지는 손끝 온도는
여전히 여린 꽃 빛
조각난 계절이 배시시 웃으며
비상구로 난 창을 밀고 들어와
허리춤에 괴인 손등에 슬그머니 내려앉는다

게으름과 나태 사이
방심과 무관심 사이
빌붙어 씻어내지 못한 얼룩
줄지어 일어서는 곰팡이들
그 사이

– 「그 사이」 중에서

4부

시린 별 하나

시크릿 가든

다만
그 정원은 이슬처럼 맑아야 한다고
피하지 못한 안갯속에서 우기고 있다

온갖 가면들이 난무하는 무도회장
귓바퀴를 맴도는 비음들
선명하게 흩어지는 주홍빛 조명
외면할 수도 내칠 수도 없는
도리질하다가 끄덕이다가 지긋이 밀려드는 두통
허약해진 근력은 용서라는 멍에 짊어지고
툭 터져 아릿함으로 흐물거리다
차라리 통증 아닌 무기력이다

아가페의 속삭임이 느린 바람을 타고
손가락 사이를 소리 없이 빠져나가 버린
움켜쥘수록 더 현란해지는 허상들
냄새나는 탐욕은 양복 주머니에 구겨 넣은 채
어둑해진 하늘을 등에 업고
겨울나무처럼 엉거주춤 버티고 있다

능소화 지고

저리도록 무겁던 어둠이
발끝에 내려앉은 밤
시들기를 거부하던 능소화 한 소절
빙글빙글 괴롭히던 이명처럼
마지막 후렴구 되어
혈류 타고 뜨겁게 사라진다
하르르 떨다 버거워진 눈
헝클어진 시간들은
끝내 눈을 감지 못하고
갈라지고 틀어진 채 박제되어
울퉁불퉁 불거진 낯선 길 위에
툭, 고개 떨군다

조문객 발길 자자한 검은 빈소에
나이보다 십 년은 젊어진 그녀가
환한 주홍빛으로 웃고 있다

선씀바귀

조율되지 않은 선 하나 퉁겨 나가 음 이탈이다

번듯한 앞자리 마다하고
뒷문 보도블록 갈라진 틈으로
힘겹게 피어낸 노란 선씀바귀
쓴맛은 누구에게나 있어요
그래야 똑바로 설 수 있거든요
제 몸에 아직 봉오리가 여럿 여물고 있어요
조금만 더 인내하기로 해요
환한 꽃향기가 증명할 거예요

구겨진 하루가 다림질한 듯 방글거린다

또각또각

하이힐 뒷굽에서
또각또각 떨어지던 눈물
짓눌린 침묵이 시름시름 앓다가
누런 얼굴로 알 수 없는 병동에 격리되었다
두꺼운 가면 쓰고 목이 곧아진 욕정
한 꺼풀 벗겨내자
대리석 바닥에 널브러졌던 시간들이
또각또각 일어나 걸음마를 시작한다
me too~~~!
with you~~~!
꼿꼿이 힘주어 내딛는 소리가 또렷해질수록
번쩍거리는 에나멜 뒤에 숨어있던
게슴츠레한 눈과 음흉한 검은 손톱들이
또각또각 잘려 심판대에 줄지어 오른다

시린 별 하나

푹 눌러쓴 벙거지 모자
가로막은 마스크 사이로
시린 별 하나 깊은 강을 건너고 있다
검은 패딩 속에 꼭꼭 숨겨진 육신
무말랭이 같은 손에 들려진 피켓 한 장
매직으로 갈겨쓴 붉은 외침이
오가는 발길들 애절하게 붙들어 모은다
추운 계절 버티며
바람처럼 들고 나는 저 여리고 긴 투쟁
어린 속살 지키려 온갖 모순 앞에 홀로 선
무리 속에 숨어들어 박제된 수치 토해내던 계절은
어린 봄을 품에 안고 언 볼 부비는데
창살같이 흘러내린 고드름은
음흉한 미소 뒤로
덧난 통증 무참히 찔러댄다
가까스로
하얀 장갑 한 켤레 건네자
언 손등 위로 붉은 노을 뚝뚝 떨어진다

그 사이

욕실 바닥과 벽면 사이
타일과 타일의 연결 홈에
서식하는 미생물들
감쪽같이 말갛다

눈 깜짝할 사이
지독한 사이의 경계

게으름과 나태 사이
방심과 무관심 사이
빌붙어 씻어내지 못한 얼룩
줄지어 일어서는 곰팡이들
그 사이

아크릴 수세미

　분만실로 딸을 들여보내고 빨리 돌아가라는 병원 측의 재촉을 받는다. 코로나19 바이러스는 당사자 외에는 보호자 누구라도 일체의 병원 출입을 막았다. 눈과 귀를 가로막은 분만의 현장을 코로나가 발발하기전에는 상상도 못 했을 일이다. 딸의 손을 잡고 산통을 함께 나눠 주리라 마음먹었는데 허탈하다. 딸을 분만실로 들여보낸 어미의 불안은 실어증 환자처럼 입을 굳게 닫았다. 계획에 없던 코바늘과 아크릴 실을 구입했다. 동그란 코를 만들고 한 바퀴를 돌고 기둥을 세우고 코를 늘려 메우기를 다섯 단째, 한 손에 넉넉히 잡힐만큼의 수세미가 완성되었다. 어미의 기도와 떨림을 한 코, 한 코 뜨개로 엮어냈다.

　하늘빛 아크릴 수세미로 설거지를 한다. 코로나19로 인한 거리 두기 외식 금지 등은 손에 물 마를 새 없이 집안일을 만들어낸다. 모든 끼니를 집 안에서 해결하려니 설거지는 당연히 많아지고 아크릴 수세미의 사용도 빈번하다. 딸의 순산을 기도하며 만들어낸 수세미라 사용할 때마다 감사를 담는다. 혹여나 내 속에 남아있을 미움과 원망의 찌꺼기까지도 깨끗이 닦아내려한다. 누군가의 손에 이끌리듯 아크릴 실을 사고 코바늘을 사서 한 땀 한 땀 엮어 만든 수세미다. 그릇이든 마음이든 닦아내는 시간들은 내게 있어 또 다른 경전을 대하는 시간이다.

덫

단도리 못 한 마음에
속눈썹 같은 잔금 몇 개
교차되고 이어지는 순간
번개 같은 섬광 번뜩이고 지났다
곪아 터진 속내로 사람 하나 숨어들어
며칠 낮밤을 덜컹거리며 흔들어대다
쏟아붓는 폭우에 흠뻑 젖는다
품어야 할 가슴 아직도 먼데
맏이라는 명분 올무 되어
본능처럼
담쟁이 발톱 같은 갈퀴 바짝 세웠다
굽이치다 갈 길 잃은 숙명이라는 덫
흙탕물에서 표류 중이다

포맷하다

길가 자갈밭에 던져져
뒤척이지도 못하고
바싹바싹 말라가던 씨앗 한 톨
흙내 그리운 속내가
깨진 질그릇처럼 절름대며
내 안에서 걸어 나온다
등줄기에 흐르던 오한이
서릿발처럼 시린 새벽
빈 들에 이는 바람 한 줄기
소용돌이치며
무심한 가슴에 파고들어
난무하는 화살촉으로 뜨겁게 찌른다
석고처럼 굳어져 저려오던 두 무릎
붉은 매듭 풀어내자
스르르 핏기 돌아 하얗게 포맷된다

벼랑 끝에서

팽팽하게 조이며 감겨오던 볼트
기대와 현실의 간극이 느껴지는 순간
육각 렌치를 벗어나 제멋대로다
마모된 너트는 느슨하게 겉돌다 탄력 잃고
쨍그랑 갈라지며 날 세우던 어느 날엔
혈연의 회로를 끊어 놓던 혀끝의 소용돌이
사방에 시린 불빛들 끔뻑이며 옥죄다가
기어코 잡은 썩은 동아줄에 원성만 파다하다
한없이 가파르던 벼랑 끝
선잠 깬 아이의 이유 없는 투정질
상실의 하루가 모래 위 걷듯 비틀거리다
역류하던 물살에 허우적거린다

축 처진 어깨가 밤잠을 홀딱 몰고 간 새벽
창조주 앞에 비로소 무릎 꿇는다
허울뿐인 어제가 미명 속으로 소멸되고
동굴 속 어둠 뚫은 환한 기별이 새봄처럼 들썩인다

시그널

늘씬한 쇼 호스트의
매진 임박 멘트가 요동치는 화면
66과 77을 태운 시소가 가쁘게 저울질 중이다
즐겨 입던 가디건이 재활용 바구니에 던져지고
청바지는 부리나케 수선집을 다녀왔다

실시간 업데이트되는 화려한 맛집
입맛 다시던 식욕이
덜컥 들어가 앉아 수저를 들자
오류라 책망받던 체중계 눈금이
부르르 떨며 눈 흘긴다
CCTV도 스르르 눈 감는다

'건강검진 예약' 알림이
휴대폰 화면에서 깜빡이는 아침
믹서기 칼날이 분노하며 돌아가고
허기진 식탁에서 부산 떨던 젓가락이
과체중 신호에 머뭇거리자
목에 걸린 칼로리 수치가 붉은빛이다

세월을 씻어내다

무성했던 잔가지 베어 내고
밑둥치만 남은 감나무 한 그루
희뿌연 세월 끌어안고 볼품없는 웅크림으로
타원형 욕조에 물끄러미 담겨 있다
기억의 몸부림은
고장 난 테이프처럼 지루하게 번복되고
건성으로 하는 대꾸에 안도하는 저 눈빛
치열하게 살아내고 남겨진 구석구석의 이끼들
뿌연 김 서림 속에서 또렷하게 재생되는 철 지난 번민
빈 거죽 속에 납작 엎드린 젖가슴에 비누 거품 스치자
어깨를 움츠리며 수줍어하는 검버섯 소녀
이태리 타월의 억센 파도에 허물이 벗겨져도
통증마저 닫아버린 질겨진 세월
손톱 밑에 파고든 가시처럼 아린 시간들이
미끄러지듯 그녀를 탐색한다
무수히 흔들렸던 긍휼이라는 이름
거품이 덮은 손가락 사이에서
자음과 모음의 소리가 뜨겁게 달아오른다

욕조에서 건져 올린 고부간 젖은 세월
새하얀 수건으로 감싸 안고
뚝뚝 떨어지는 물기 털어낸다

발그레한 꽃잎 열리고 새근대며 초록 꽃대 마디마디 채워지던
그때 그 시절 들리니? 분명한 건 모든 세포들과 목소리
눈웃음에까지 별이 빛나는 밤.
고흐의 붓끝처럼 소리 없이 섞이고 있어 우리.

- 「DNA」 중에서

5부

**지구본을
돌리며**

결핍으로 얻은 유익

　평범했던 삶에 들이닥친 예고 없는 사건, 분명한 테러였다. 수술 결정의 도움을 받고자 몇 해 전 동일한 수술을 받았던 지인과 통화를 했다. 그간의 과정을 얘기하자 이런 유의 수술을 경험했던 사람으로서 후담을 털어놓으며 나를 안심시켰다. 딸의 목소리가 휴대폰으로 숨 가쁘게 달려왔다. 친정엄마의 수술 소식에 땅이 꺼질 듯한 두려움으로 식겁했을 딸이 젖은 목소리로 담담하게 엄마를 위로한다. 더는 약해질 수 없었다. 긴장하고 있던 남편이 수술 동의서에 서명하자 일사천리로 수술 날짜가 잡히고 늘 남의 일로만 여겨졌던 수술 환자가 되었다.

　아버지 품으로 돌아온 탕자의 심정이다. 허탄한 것들에 마음을 두었던 열정들이 사그라들고 모든 것이 제자리에 정돈되는 묘한 시간이다. 똑같은 환자복을 입은 환우들이 주는 동질감은 서로에게 놀라운 힘을 발휘한다. 각자의 환경과 상황들이 이해가 되고 또한 긍휼히 여겨지는 마음이 된다. 치열하게 살았던 지난날들이 덧없어짐은 물론이고 비록 육신은 흠이 나고 힘들었지만 서로를 애틋하게 위로한다. 탐욕과

결핍에서 벗어나 포만해지는 상태, 가파른 시선으로 바라보았던 누군가를 너그럽게 보듬는다. 고난은 변장하고 찾아오는 축복이라 했던가. 한 평 남짓한 병상에서 내적 자유를 누리며 더욱 풍성해진 내 삶의 유익을 경험한다.

로그인

요람 속 아기가
입술을 오물거리며 기지개를 켠다
아이디는 yhj
패스워드는 1991
벨벳 커튼 뒤 조명들의 움직임이 급박해지고
무대 위로 쏟아지는 별빛들 부산하다
── 접속이다

노란 꽃술 머금은
백합 한 송이 하얀 꿈을 연다
이른 햇살처럼 순결했던 14K 반지가
부케를 든 가느다란 손가락에서 반짝이고
요람에서 들려오는 옹알이에
눈과 귀가 흠뻑 젖는다

모바일 청첩장 받아들고
부리나케 달려온 십이월의 바람
홀쩍이며 코끝에서 붉게 머무는 나절
점점 헐거워질 시간들 불러 모아

한 컷 또 한 컷 놓칠까 잊을까
아낌없이 가슴에 저장한다

캐리어

긴 지퍼를 연다
엎질러진 물처럼 흐느적거리던 시간들이
후줄근한 얼굴로 한참을 마주했다
성급하게 말라버린 무늬들을 모아
조각조각 개키고 손과 발은 가지런히 접어
캐리어 속에 모로 눕힌다

설렘과 두려움의 교차점
공허가 일어 부풀어지는 만큼
찌든 얼룩의 냄새가 가득한 캐리어 속 공간
들뜬 공항의 풍광은 순식간에 사라지고
이륙을 생각하며 나는 눈꺼풀을 내린다
귀가 먹먹해지고
날개가 비스듬히 보이는 좌석에 앉아
큰 숨을 들이마시고 다시 내뱉는다

회빛 구름이 뭉실거리다
발바닥에 긴 멀미가 밟힐 즈음
짐칸에 올려둔 먼지투성이 된 시간들이

하나, 둘
좁은 통로를 비집고 걸어 나온다

구름 사이로 언뜻언뜻 보이는 하늘이 새파랗다

숲에 서다

비 온 뒤의 숲에는 국화차 향기가 난다. 투명 유리 잔에 맺힌 이슬을 만난 손끝의 두근거림은 이내 가슴 까지 뛰게 했다. 김 서린 자욱함이 살며시 걷히자 숲 내음은 그윽하게 다가와 오감을 자극한다. 누구도 모 방할 수 없는 신의 세계다. 거추장스런 액세서리는 다 벗어놓고 맨발이 되어 여름의 마지막 고지에 오른 진초록 숲에 나를 맡긴다.

억새 숲에서 만난 계절은 첫사랑의 그리움이다. 바 람의 길에 고스란히 순응하는 억새풀의 가녀림은 언 젠가 경험했었던 설렘이며 속살에 닿을 듯 스치던 실 크 원피스의 하늘거림이다. 주례사 앞에 선 신부의 잘록한 허리로부터 흘러내리던 새하얀 드레스 자락 이며 그녀의 맑은 눈에서 떨어지는 눈물이다. 나무 벤치에 앉아 카메라를 응시하자 불현듯 돋아나는 기 억의 순들, 마치 매뉴얼에 있는 듯 누구든지 그 숲에 서면 바람결을 따라 흘러드는 추억을 더듬게 된다. 연약하지만 꺾일 수 없었던 여자의 일생이다.

풍성한 꽃들을 뭉게뭉게 피워낸 목수국의 낯빛이 왠지 어둡다. 계절을 떠나보내기 싫은 기색이 역력하다. 잠깐이지만 그 수고를 치하하고 싶어 다가섰다. 작은 꽃잎에 손끝을 대자 드문드문 검버섯 서린 어머니 얼굴이다. 이 많은 꽃들을 품고 여름을 견뎠을 목수국의 줄기가 어머니의 등짝처럼 가늘게 휘어지고 있었다. 고마워, 수고했어, 애썼어, 잘했어, 훌륭하다. 내가 할 수 있는 감사 표현을 다 쏟아부으며 목수국의 체취를 그득 담는다.

저녁나절

헐거워진 책 한 권 꺼내 엷어진 빨랫줄에 펼쳐 넌다

스프링처럼 튀어 오르기만 하던, 하늘 향해 꼬리를
바짝 세운 오기에 어금니까지 악물어야만 했던, 밤새
뒤척이다 한숨마저 소원해지던, 한바탕 퍼붓는 소나기
에 흠뻑 젖어 방치되기도 했을, 들이닥친 낯선 바람에
낙엽처럼 주저앉아 바닥을 쓸기도 하던

그럼에도 불구하고 끊임없는 부채질로 재촉해야만
했던 외줄 곡예

느슨해진 빨랫줄에 이슬처럼 앉아 있는 색바랜 시간
들, 악착같이 이를 물지 않아도, 햇살이 구름에 가리어
져도, 빨간 하이힐을 신지 않아도, 허리를 꼿꼿이 세우
지 않아도, 보푸라기 돋아 허름해진 보폭이 향기가 되
는, 그저 줄지어 앉은 행간마다 은은한 바람이 훑어주
는, 남겨진 페이지마다 보송보송한 시간들이 펄럭이는

하얀 옥양목 빛 노을이 부드럽게 맞물려 책장을 넘겨주는 희끗한 무렵의 여유로운 호기好氣다

DNA

　식탁 위 얄팍하게 저며진 바나나를 진중하게 골라 내던 손. 아무도 말해준 적 없는데 노오란 바람의 수를 손끝으로 나열하고 있어. 바나나를 유독 거부하던 어린 시절의 네가 소환되어 식탁 모서리에 앉아 있었지. 영락 없이 스며들어 숨길 수 없는 유전자.

　가늘고 여린 가지가 흔들릴 때마다 부러질까 더 움켜잡고 단단해지려 힘을 주었지. 그래 그게 母性이지하면서 부단히 안간힘을 쓰는 네가 애처롭기만 했어. 성에 차지 않은 잔가지 악을 쓰며 소용돌이칠 때 땀으로 범벅된 목덜미로 흐느적거리던 물기를 보고 말았지. 강한 척했지만 뒤돌아서서 와르르 무너지는 내 가슴엔 폭우가 내렸어.

　너의 젖은 몸짓 앞에 내가 있어 얼마나 다행인지. 그럼에도 불구하고 저 아래 밑동에서는 열이 오르고 시름시름 오한이 건드리곤 했어. 날 닮아 알약을 못 삼키는 너에게 보란 듯이 한 움큼의 영양제를 입 속에 털어 넣고 몇 번이고 고개를 젖히며 뭉텅뭉텅 알약을 삼키기도 했어. 그러다 문득 하늘을 봤어. 더없이 푸르고 광대하더라. 습관처럼 신을 의지하는 시간이 점점 늘어나기 시작했지.

발그레한 꽃잎 열리고 새근대며 초록 꽃대 마디마디 채워지던 그때 그 시절 들리니? 분명한 건 모든 세포들과 목소리 눈웃음에까지 별이 빛나는 밤, 고흐의 붓끝처럼 소리 없이 섞이고 있어 우리.

가을, 섬 하나 가슴에 띄운다

눅눅한 걸음이 질척이던 바닷길
헝클어진 미간 사이로 달려온 은빛 노을
주름진 손가락으로 빗어 내리다
희끗하게 탈색된 매듭 앞에 멈춰 섰다
만질 수도 잡을 수도 없는
썰물이 저만치 갈라 놓은 누에섬
어스름이 몰고 온 풀 빛 기억들
별리의 길 어디 즈음에
물끄러미 식어져 버린 커피 향
마주하던 계절 한 모금 삼키려다
목울대 넘기지 못한 노을이
붉어진 꽃잎 속에 머물고 있다
젖은 속내 감추려다
노려보던 카메라 렌즈 손등으로 훔친다

이 서방

허락도 없이
내 딸 심장 속으로 비집고 들어와
나보다 내 딸을 더 사랑해버린
늠름한 마음의 크기가 산만 하고
걷어붙인 소매 위로 다져진 성실히
울긋불긋 파도를 넘나드는
배 아파 낳은 적 없는데
홀트에서 입양한 기억도 없는데
든든한 아들이 되어 버린
밤톨 수줍음 하얗게 빛나던 스무 살 미소로
시간마다 간절한 기도의 터 다지고
믿음의 싹 곱게 틔우더니
분홍 만발한 까르르한 꽃밭 일궈냈다
눈에 넣어도 안 아플 내 딸의 세대주로
바라보기도 아까운 내 손녀의 호주로
든든한 나의 백 년 아들이 되어줘서
고맙고 사랑스런 사내

손

농밀하게 그려진 길 따라
피다
지다
머물다
꾸덕꾸덕 마른 낯빛으로
얽혀진 시간 속을
감내하고야 마는
숭고한 生

쪽파

겨우내 언 땅 뚫고
알뿌리에서 움 틔운 가녀린 봄
고른 이 하얗게 드러내고
꼿꼿하게 버티던 맵싸한 위엄
갖은양념으로 버무리자
비로소 요염한 자태다
혀끝을 종용하는 오감의 기류
한 올 한 올 젓가락 장단에
오도독오도독 향긋한 추임새
풀이 죽어 낭창해지기까지
흰쌀밥에 감겨 목젖을 달구는
시샘하는 봄의 내력이다

곶감

하얀 분 바르고

깊은 속살로 품어 안은 계절

찬 서리 감기처럼 온몸 훑더니

붉게 토해내던 열꽃

설움도 떫음도 바람결로 견디며

꽃 진 자리 아물어 갈 때

단내 나는 등불 밝히며

늦가을의 고즈넉을 붉게 데운다

지구본을 돌리며

따뜻해진 고대기의 열기가 지구본을 돌리고 있어

젊었을 적엔 시어머니 파마머리에서 동그란 것들이 또르
르 굴러와 달려들곤 했지 동네 미장원이 생산지였어 아낙네
들과 함께 버무린 새까만 쇠똥구리 같은 것들이 다닥다닥
엉겨 붙은 지독한 트집이었어 심통 부리는 아이처럼 느닷없
이 굴러 나와 어린 며느리의 폐부를 찌르고 홀연히 사라지
던 차가운 쇠구슬 같은

설움이 바글바글 복받치는 날이면 지구본의 전원을 켰지

아침이면 거울 앞에서 지구본을 돌리곤 하지

밤새 엉켜있던 생각들을 둥글게 더 둥글게 포맷하고 있어
희끗해진 머릿결이 굵은 웨이브를 만들며 생각 속 이물들
을 다스리는 시간이야 혼탁해진 지구의 골목 구석구석이 정
돈되고 헝클어진 머릿속이 부드럽게 둥글어지곤 해 그럴 때
마다 돌 박이 손녀는 얼음땡을 외치며 둥글어짐이 결국임을
까르르한 웃음으로 대변하지

습관처럼 지구본을 돌리다 보면 하루가 둥글어지지 부드
럽고 우아하게

이 시집의 총체적인 흐름은
일상의 관심으로부터 폭넓은 시선으로
우리 사회가 겪고 있는
다양한 삶의 문제들과 함께하고 있다.

–「작품 해설」 중에서

꿈의 세계 울창한 숲을
짓고 있다

•

지연희

꿈의 세계 울창한 숲을
짓고 있다

지연희 (시인, 한국여성문학인회 이사장)

'태양이 꽃을 물들이듯이 예술은 인생을 물들인다'는 명언이 있다. 예술의 다양한 장르 속에서 가장 심오한 가치를 섭렵하고 있는 문학은, 더구나 '시인'이라 명명되는 사람들이라면 어느 정도 자신이 추구하는 인생에 대하여 고뇌하게 될 것이다. 때로는 시문학 창작예술에 전념하며 스스로가 삶의 가치를 어느 정도 충족시킬 수 있을까에 대하여 생각할 때가 있다. 그러나 시인의 예술작업은 돈을 벌기 위한 수단이 아니라 누군가의 억압에 의한 강제가 아닌 자신의 의지로 집념하는 특별한 작업이다. 까닭에 어느 시인께서는 '거룩한 낭비'에 투자하는 사람들이 시를 쓰는 사람들이라고 했다. 시인은 만인萬人의 가슴에 아름다운 꽃을 피워주는 예술가라고 한다. 한 편의 시는 슬픔의 그늘에 묻혀 고개를 숙인 이를 위한 유유히 흐르는 맑은 시냇물이며, 낭떠러지 앞에 선 절망에 젖은 아픈 자락을 겸허히 잦아들게 하는 사명을 부여받고 있다는 것이다.

전옥수 시인의 제2시집 『통증을 세단하다』를 감상하며 '활자의 형체'에 대한 서사後詞를 만나게 되는데 마치 종이 위에 그려진 활자가 사물의 질감으로 퇴색되거나 소화 작용을 하지 못하여 굳어버린 육신이 감당하는 나태함을 묘사하고 있다. 이와 같은 상상의 세계는 태양이 꽃을 물들이는 듯한 찬란한 창조의 작용이 아닐 수 없다. 첫 시집 『나에게 그는』에서도 언급하였듯이 심도 깊은 사고思考의 궤적이 일으킨 결과라고 말할 수 있다. 60편의 묶음으로 조합된 이 시집의 총체적인 흐름은 일상의 관심으로부터 폭넓은 시선으로 우리 사회가 겪고 있는 다양한 삶의 문제들과 함께하고 있다.

활자의 형체는 퇴색되어도
소화되지 않고 굳어진 시간이 말썽이다

미처 파쇄되지 못한 A4용지가
세단기 속으로 곤두박질치다 멈춘다
삐걱거리는 여진 속에 머무는
끊임없이 비워져야 할 기억들

대관령 굽이 돌며 담금질하던 완행의 시간
멀미 앞세우며 속앓이하던 그 옛길
먼지 같은 흔적 버리지 못하고
꼬깃꼬깃 채워진 누런 폴더
가슴에 파고든 덥수룩한 파지들
머위 끝 맛처럼 씁쌀하게 배회하다
뒤틀린 장에서 끝내 경련 일으킨다
전원을 잠시 껐다 다시 켠다

세단기 어깨 두어 번 툭, 툭 두드리며
연기처럼 소멸되어야 할 숱한 통증들
한 장, 두 장 밀어 넣는다
                    – 시 「통증을 세단하다」 전문

맑은 꽃차 향이
새 달력 첫 장에서 꿈틀 거린다
어제는, 어깨와 어깨를 살갑게 기대며
돛을 높이 올리자고
그물이 찢어지도록 별빛 가득 담았는데
엇박자를 내며 외면하는 사탄의 혀
주고받은 덕담들 아직 유효한데
비껴가며 긋고 다닌 모순들이
거미줄처럼 번지며 빛을 방해한다
가파른 천정으로 힘겹게 오르던
가벼운 시 한 소절

기를 펴지 못하고 검은 손아귀에 먹혀
오물통으로 던져진 時의 잔해들
몰락의 늪에서 악취 진동한다
　　　　　　－시「詩의 몰락」전문

　'활자의 형태는 퇴색되어도/ 소화되지 않고 굳어진 시간이 말
썽이다'라고 한다. 시계라는 시간의 흐름을 지닌 사물이 '소화되
지 않고 굳어진' 시간으로 '말썽'이 되어버리는 게 이 시의 도입
부이다. 시「통증을 세단하다」는 정지된 시간의 '낡아버린 시간'
과 낙후된 현실의 한계로 이 시를 읽게 한다. 더불어 오래된 세단
기의 삐걱거리는 고장의 정도는 예사롭지 않다. 과거와 현재가
크로스 오버되는 복합구조이다. 곤두박질치다 멈추고, 곤두박질
치다 멈추곤 하는 통증의 의미는 낡은 세단기가 감당해야할 삶
으로 과거(완행의 시간인 옛길)와 연결된 '소화되지 않고 굳어
진 시간'을 접목하게 된다. 미처 파쇄되지 못한 A4용지가 세단기
속에서 제 구실을 못하고 멈춰서기를 거듭하다가 종래에는 말
끔히 모순된 통증을 씻어내는 과정이다. 마음에 담아 두었던 말
썽을 내려놓는 일이기도 하다. 대관령 굽이돌며 담금질하던 완
행의 시간 꼬깃꼬깃 채워진 누런 폴더안의 덥수룩한 파지들 흔
적 버리지 못하다가 비로소 홀가분하게 내려놓는다. '세단기 어
깨 두어 번 툭, 툭 두드리며/ 연기처럼 소멸되어야 할 숱한 통증
들/ 한 장 두 장 밀어 넣어' 아픔을 세단하고 있다. 시「詩의 몰락」

을 감상한다. '몰락'이라는 명사를 살펴보면 재물이나 세력 따위
가 쇠하여 보잘것이 없어짐이며, 멸망하여 모조리 없어짐이라고
한다. 매우 단호한 의미로 시 한 편을 철저하게 사장死藏 시켜버
리는 형상의 언술이다. 그러나 시인의 의도는 어떤 특정한 일상
의 예기치 않은 모순으로 실망하는 사람과 사람의 관계를 모티
브로 설정한 시를 읽게 된다. '맑은 꽃차 향이/ 새 달력 첫 장에서
꿈틀 거린다/ 어제는, 어깨와 어깨를 살갑게 기대며/ 돛을 높이
올리자고/ 그물이 찢어지도록 별빛 가득 담았는데/ 엇박자를 내
며 외면하는 사탄의 혀/ 주고받은 덕담들 아직 유효한데'철저한
불협화음이다. 詩는 삶이며 삶은 詩이다. 어찌할 수 없는 대응이
이 하루 한낮, 혹은 몇 날을 두고도 지워지지 않는 아픔이 당면한
것이다. '가파른 천정으로 힘겹게 오르던/ 가벼운 시 한 소절/ 기
를 펴지 못하고 검은 손아귀에 먹혀/ 오물통으로 던져진 時의 잔
해들' 결말은 오물통으로 던져진 훼손된 시간만 사라졌다. 한 묶
음의 時간이 한 아름의 詩가 되어 詩를 낳았다는 생각이다.

거목 하나 있다
마주 보면 분수처럼 살아나는 자존
나란히 기대면 으쓱 올라가는 어깨
삶의 창 수시로 여닫는 시간 속에
새순 돋듯 초록 그늘 펼쳐낸 숱한 사유
뿌리로부터 올라온 감성의 미로迷路
부단히 길을 내고 다져온 올곧은 발자취

범접할 수 없는 세련된 필력

재스민 향기 피어내어

내 얕은 바다에 우주를 담아주던 그 숲

인생 선배로

작가라는 고유명사로

저 멀리 고지에서 펄럭이는 깃발

고해하듯 그 숲에 젖어 든다

- 시 「그 숲에 기대어」 전문

복숭앗빛 가을이 배달되었다

빛 한 톨 보이지 않는 종이박스 안

다붓다붓 담긴 연민 들이키며

낯선 계절과 마주한다

긴 장마의 배척에 목 놓아 울던

누군가 던져 준 목이 긴 장화를 신고

방랑길에서 자유의 몸이 되어 훨훨 날았을

뜨거운 햇살의 환대에 흘렸을 땀방울

까슬까슬한 표피에서 나는 향긋한 단내

기꺼이 돌아와 숨통이 열리고

가을 아래 넉넉히 둥글어진

너그러워진 계절에 그림자 활짝 피었다

- 시 「그림자 활짝 피었다」 전문

시 「그 숲에 기대어」는 거목의 큰 나무 한 그루가 우뚝 서 있는
풍경이 보인다. 존경과 신뢰의 이 거목은 시인이라는 이름의 숲

이다. 마주 보면 분수처럼 솟아오르는 자존이며 함께 손잡으면
으쓱 어깨가 올라가는 문학의 힘이다. '삶의 창 수시로 여닫는 시
간 속에/ 새순 돋듯 초록 그늘 펼쳐낸 숱한 사유/ 뿌리로부터 올
라온 감성의 미로迷路/ 부단히 길을 내고 다져온 올곧은 발자취'
의 이 모두를 수용한 숲의 세계는 범접할 수 없는 이상향의 대상
이 된다. '새순 돋듯 초록 그늘 펼쳐낸 숱한 사유' 그 숲에는 파릇
한 생명의 물줄기가 흐르고 굵은 뿌리를 뻗어 단단한 시어를 키
워낼 희망이 존재한다. '재스민 향기 피어내어/ 내 얕은 바다에
우주를 담아주던 그 숲/ 저 멀리 고지에서 펄럭이는 깃발'이 한
시인의 꿈의 세계 울창한 숲을 짓고 있다. 시「그림자 활짝 피었
다」의 시를 감상하며 성숙하게 익은 볼그레한 복숭아의 낯빛을
연상하게 된다. 배달되어진 복숭앗빛 가을과 함께 '빛 한 톨 보이
지 않는 종이박스 안/ 다붓다붓 담긴 연민'의 낯선 계절과 마주
하는 것이다. 그러나 '그림자'라고 하는 제목 일부의 대목에서 그
림자의 실체를 찾아내는 게 쉽지 않았다. 시인이 구조한 숨은 그
림 찾기의 정곡은 '긴 장마의 배척에 목 놓아 울던' '누군가 던져
준 목이 긴 장화를 신고' 방랑길에서 자유의 몸이 되어 훨훨 날았
을 '뜨거운 햇살의 환대에 흘렸을 땀방울'들이 올곧은 복숭아를
키워내기 위한 고난의 행진이며 근심이었음을 발견하게 되었다.
이 모든 힘겨운 행진은 어둠의 그림자였다는 사실이다. 표피에
서 피어나는 향긋한 단내, 가을 아래 넉넉히 둥글어진 그림자가
활짝 피었다.

어머니 눈 속에
녹슬고 닳아진 지구 한 알 있다
꽁꽁 싸고 있던 희뿌연 몸부림이
둔탁한 이물로 굳어져 앞은 늘 막막했다
무엇을 그리 보고 싶지 않았는지
지구를 싸고 있던 시간들은
굳어진 흔적으로 입을 꼭 다물었다
한 올 빛 향한 끝없는 조준
섬세한 의사의 손길이 길을 낸다
동공에 드리우던 막이 서서히 열리고
무엇이 그리 애타게 보고 싶었는지
산맥처럼 이어진 실핏줄에 몸을 맡긴 지구는
건조하고 무디어진 눈꺼풀에 싸여
주름진 여든 세월을
낯선 오늘처럼 더듬고 있다
　　　　　　 – 시 「백내장」 전문

소리 없이 내 안에 들어와
싹틔운 모양이 예사롭지 않다
씨 뿌리지 않아도
집요하게 생성되던 기이한 늪
땡그란 떡잎부터
간드러지는 달콤함으로
싱그럽던 내 여름을 홀딱 빼앗더니
미처 뽑아 버리지 못한 피들은
바람처럼 어지럽게 검은 군락 이루었다

짙어진 계절에 어둠은 더욱 무성하고
소화되지 않은 묵은 시간들은
소경처럼 허우적거리다
덕지덕지 붙은 광고지처럼
온갖 쭉정이로 남았다
　　　　　　　　　－ 시 「죄와 벌」 전문

　시 「백내장」은 희미해진 어머니의 시력을 염려하는 과정을 담
고 있다. '눈 속에 녹슬고 닳아진 지구 한 알'로 명명하며 자식은
어머니 백내장 수술을 관찰하고 있다. 어머니라는 존재는 그 호
칭만으로도 가슴 울렁이게 하는 대상이다. 무한대의 기대임으로
가슴에 안기고 싶은 거룩한 이름의 어머니가 눈 속에 녹슬고 닳
아진 지구 한 알을 안고 있어 안쓰러웠던 것이다. 꽁꽁 싸고 있
던 희뿌연 몸부림이 둔탁한 이물로 굳어져 앞은 늘 막막하였다.
어둠을 밟고 다니듯 어머니는 더듬거렸다. '지구를 싸고 있던 시
간들은/ 굳어진 흔적으로 입을 꼭 다물었다'는 불편함이 자식에
게는 얼마나 큰 안타까움이었을지 섬세한 의사의 손길을 빌어
길을 내고, 동공에 드리우던 막은 서서히 열리고 산맥처럼 이어
진 실핏줄에 몸을 맡긴 어머니(지구)는 주름진 여든 세월을 더듬
고 있다. 시 「죄와 벌」을 감상하면 나도 모르게 손을 잡는 잘못들
이 눈에 보이고 비로소 고백하게 되는 성찰이다. '씨 뿌리지 않아
도/ 집요하게 생성되던 기이한 늪' 소리 없이 내 안에 들어와 싹
틔운 모양이 예사롭지 않은 것이다. 싱그럽던 내 여름을 홀딱 빼

앗더니 결국은 내 텃밭은 검은 군락으로 휩쓸리고 말았다. 삶은 예기치 않은 일로 예상하지 않은 곤경에 휩쓸릴 때가 있다. 어느 순간 돌아보면 평정심이 생기고 비로소 평온에 머물게 된다. 죄는 '짙어진 계절의 어둠이 되어 더욱 무성하고/ 소화되지 않은 묵은 시간들은/ 소경처럼 허우적거리다/ 덕지덕지 붙은 광고지처럼/ 온갖 쭉정이로 남'게 되는 것이다. 어쩌면 어떤 모순을 체험한다는 것은 보다 성숙한 사람으로의 길을 향한 절대자의 섭리이지 않겠는가 싶다.

> 저리도록 무겁던 어둠이
> 발끝에 내려앉은 밤
> 시들기를 거부하던 능소화 한 소절
> 빙글빙글 괴롭히던 이명처럼
> 마지막 후렴구 되어
> 혈류 타고 뜨겁게 사라진다
> 하르르 떨다 버거워진 눈
> 헝클어진 시간들은
> 끝내 눈을 감지 못하고
> 갈라지고 틀어진 채 박제되어
> 울퉁불퉁 불거진 낯선 길 위에
> 툭, 고개 떨군다
>
> 조문객 발길 자자한 검은 빈소에
> 나이보다 십 년은 젊어진 그녀가
> 환한 주홍빛으로 웃고 있다
>   – 시 「능소화 지고」 전문

수의에 싸여 하늘 향해 누운 적막

이마에 손을 얹자

찌릿하게 뼈마디를 찌르던 냉기

소독 냄새에 파묻힌 이승과의 마지막 의식은

눈물마저 산화되어 짧고 냉정했다

며칠째 가래 끓는 소리 요란하다

노환이려니 하다가 감지된 위험신호에

심장을 연결하던 호수를 뽑았다

맥박 소리 잦아들더니

혈관 따라 흐르던 전류 순식간에 무심하다

사방은 고요하고 삽시간 어둠의 도가니

몸살 한 번 앓은 적 없이 강인하게 지켜온 세월

안팎을 여닫으며 무수히 드나들던 식솔들

품고 있던 속내 토해낼수록 버려야 할 것 수북하다

온갖 냄새에 뒤엉켜 속살 드러낸 아수라 한속

소리 없는 울음은 마른 수의만 서너 벌 적셔내고

잠시 장례사의 손길 빌려온 적멸의 시간

녹슨 삼성 바이오 냉장고를 염殮한다

　　　　　　－ 시 「냉장고를 염殮하다」 전문

　　사람이나 동물이거나 생명을 지닌 존재들의 생사를 가늠하기
는 쉬운 일이 아니다. 다만 어느 순간 처절한 몸짓으로 시들기를
수용할 수밖에 없는 경우를 맞이하게 된다. 제 아무리 시들기를
온몸으로 거부한다 해도 어찌하지 못한다. 시 「능소화 지고」는
식물성의 능소화가 한 인물의 대리자가 되어 완곡히 세상에서

멀어지는 모습이다. 생명을 지워야 하는 아픔을 안고 있다. '저리도록 무겁던 어둠이/ 발끝에 내려앉은 밤/ 시들기를 거부하던 능소화 한 소절/ 빙글빙글 괴롭히던 이명처럼/ 마지막 후렴구 되어/ 혈류 타고 뜨겁게 사라'지고 있다. 시인의 시선으로 체험한 이 길은 누구나 걸어가는 일이지만 '하르르 떨다 버거워진 눈'으로 헝클어진 시간들 끝내 잡지 못하고 내려앉는 안타까움으로 아프다. 그녀는 '갈라지고 틀어진 채 박제되어/ 울퉁불퉁 불거진 낯선 길 위에/ 툭, 고개 떨구고' 어둠의 길을 걸어가고 있다. '조문객 발길 자자한 검은 빈소에/ 나이보다 십 년은 젊어진 그녀가/ 환한 주홍빛으로 웃고 있'는 능소화를 본다. 시 「냉장고를 염(殮)하다」는 매우 신선한 소제의 설정이다. 녹슨 냉장고가 수의에 싸여 저승으로 길을 잡고 있는 장례식장이다. 참으로 눈에 띄는 절묘함이 아닐 수 없다. '수의에 싸여 하늘 향해 누운 적막/ 이마에 손을 얹자/ 찌릿하게 뼈마디를 찌르던 냉기/ 소독 냄새에 파묻힌 이승과의 마지막 의식은/ 눈물마저 산화되어 짧고 냉정했다' 앞 장에서 보여준 능소화의 장례가 어느 여인의 이른 이별의 슬픔이었다면 「냉장고를 염하다」에서 장례를 치르고 있는 이 현장은 노년의 어느 어버이를 염하여 장례에 이르는 이미지를 연상하게 된다. '며칠째 가래 끓는 소리 요란하다/ 노환이려니 하다가 감지된 위험신호에/심장을 연결하던 호수를 뽑았다/ 맥박 소리 잦아들더니/ 혈관 따라 흐르던 전류 순식간에 무심하다' 어쩌면 이토록 극명한 의미의 언어들이 결합하여 사물과 인물을 죽음이

라는 소멸의 가치에 담아 하나의 개념으로 통합하여 보여준 신
선한 울림의 시이다. '온갖 냄새에 뒤엉켜 속살 드러낸 아수라 한
속/ 소리 없는 울음은 마른 수의만 서너 벌 적셔내고/ 잠시 장례
사의 손길 빌려온 적멸의 시간/ 녹슨 삼성 바이오 냉장고를 염殮
한다'.

> 겨우내 언 땅 뚫고
> 알뿌리에서 움 틔운 가녀린 봄
> 고른 이 하얗게 드러내고
> 꼿꼿하게 버티던 맵싸한 위엄
> 갖은양념으로 버무리자
> 비로소 요염한 자태다
> 혀끝을 종용하는 오감의 기류
> 한 올 한 올 젓가락 장단에
> 오도독오도독 향긋한 추임새
> 풀이 죽어 낭창해지기까지
> 흰쌀밥에 감겨 목젖을 달구는
> 시샘하는 봄의 내력이다
>
> – 시「쪽파」전문

눈으로만 들어도 맛깔스러운 쪽파의 진한 맛이 미각을 흔들곤
한다. '겨우내 언 땅 뚫고/ 알뿌리에서 움 틔운 가녀린 봄'을 시
「쪽파」는 버무려 낸다. '갖은양념으로 버무리자/ 비로소 요염한
자태다' 붉은 고춧가루가 한껏 양념을 머금고 오감을 재촉하고

있다. '풀이 죽어 낭창해지기까지/ 흰쌀밥에 감겨 목젖을 달구는/ 시샘하는 봄의 내력'이 싱그럽다. 막 뜸을 들인 흰쌀밥 위에 얹어진 쪽파 향기를 한 아름 입에 넣는 맛이 섬세하게 그려진다. 시인의 손끝에서 다듬어진 봄의 향기가 침샘을 열어내어 시장기를 느끼게 하는 시다.

전옥수 시인의 시집 읽기를 마무리한다. 최선의 노력으로 다듬어준 한 편 한 편의 시가 시인의 역량을 가늠하게 했다. 낯익음의 보편적 언술에서 창의적인 상상의 세계로 이끌어내는 언어의 다양한 표현들이 한 폭의 영화처럼 독특한 질감을 연출해 주었다. 이제 다시 새로운 언덕을 넘어야 할 준비가 필요하겠지만 큰 무리 없이 성취하겠다는 생각을 한다. 정상에 오르는 일은 한 걸음의 시작에서 편 편의 노력으로 이루어지는 것이다. 끊임없는 용기와 의지로 딛고 일어서 울창한 시인의 숲을 이루어 주었으면 한다.

RAINBOW | 103

통증을 세단하다

전옥수 시집